幾年風雅盛世，不勝神往。

蒙賀聖遂兄與鮑静静總編錯愛，建議出版我的舊體詩集。特此從命編就《魚焦了齋詩稿二編》。詩稿分作兩輯。第一輯爲張海鷗點評《魚焦了齋詩稿二編》共三十首。海鷗學兄在北京《詩詞家》上主持一個薦詩欄目曰《學林風調》，曾有一期發表『陳思和詩詞薦評』，選拙作三十六首，逐首點評，提携有加，我感激于心，現除了删去《斯德哥爾摩紀行六首》，其他三十首全部恭敬收録，單列爲第一輯。海鷗兄在點評中對拙作提了不少修改建議，皆金玉良言，我遵依修改了其中有礙平仄的部分詩作，還有一部分，爲了保持海鷗兄點評内容原貌，未敢改動，這樣使自己的詩作呈現出未完成性，惟有將海鷗兄的建議結合起來看，才是完整形態。就此謝過海鷗兄的古道熱腸及其點鐵成金之術。第二輯是從近十多年陸續寫成的詩作中挑選出來的作品，共三十六首。詩集共收録六十六首，以應我今年六六虚度。附録是王宏圖撰寫的評論文章，曾發表于林建法兄主編的《當代作家評論》上，是建法兄組的稿。特此説明。

另，這六十六首詩作，除了朋友間互相吟唱外，也有一些分别刊于《楊樹浦文藝》《詩鐸》《詩詞家》《上海詩詞》等刊，或收録于本人編的各類文集。這次結集出版前，我做過修改，如有與之前文本相異處，請以本詩集爲准。

思和寫于二〇一九年九月十日教師節

目録

下輯　餘編三十六首　〇五一

附録

上輯

張海鷗點評《魚焦了齋詩稿二編》三十首

主持人語

陳思和在教學、科研、工作之餘，也創作舊體詩詞，二〇一三年曾由灕江出版社出版《魚焦了齋詩稿初編》。這裏選薦點評的是他尚未出版的《魚焦了齋詩稿二編》中的部分詩作。

據《魚焦了齋詩稿初編・弁言》可知，陳思和少年即習作舊體詩詞，『文革』期間曾自編《鰷濠集》，『多用霸氣豪情語彙』，後讀王力《詩詞格律》，并『抄寫和背誦《詩韻合璧》』，乃毀前作。其後數十年間致力于教學和學術研究，五十歲後謹依格律作詩詞，雖數量不多，但絕非文墨游戲，全然學者之詩，有思想有情懷有文化氣韻，詩藝也日益精良，誠實又詩意地記錄自己的經歷和感受，爲讀者展現了許多難得一遇的高端文化和學術場景，其學術史、文化史意義將在未來日益顯現。

張海鷗 附識

年底進京赴胡風學術研討會返滬後聞北地温度驟降達六十年未遇之冰點

報聞風雪裹京城，甲子輪回又見冰。
切切思君詩白露，絲絲入夢會胡風。
神飛六合誰知命？念系長存便是情。
今日大寒須自惜，閑來一紙報安平。

二〇一〇年元月十日

【點評】

一九五四年七月，胡風向中共中央送了長達三十萬字的《關于解放以來的文藝實踐情況的報告》，主張文學藝術應真實地反映生活。一九五五年五月十八日，胡風夫婦被逮捕，繼而被定性爲『胡風反革命集團』，兩千一百餘人受牽連，其中九十二人被捕，六十二人被隔離審查，七十三人被停職反省。胡風被判無期徒刑，一九七八年『平反』，一九七九年獲釋，一九八五年病逝。一九八八年中央辦公廳發出《關于爲胡風同志進一步平反的補充通知》。

六十年間中國的政治和文化生態常有變化。詩中冰霜輪回，但願只是自然物象。『誰知命』感慨深長，『自惜』和『報安平』意思温馨。頸聯『長存』若作『伊人』，對仗好些，意思也更緊湊。

看電影《山楂樹之戀》，贊奚美娟表演藝術

原是銀鷹幕上飛，回眸片刻已生輝。
熔金化鐵神仙指，忍辱含慈地母歸。
書聖傳神惟一點，老君丹藥試千回。
自然小道清流在，滌盡文壇濁酒杯。

二〇一〇年九月七日

◎自注　奚美娟在影片裏飾女主角静秋之母，含有地母忍辱負重形象。頷聯兩句贊揚影片中幾個精湛表演片段。

【點評】

將母愛置于苦難中，愈見珍重。獨特的『表演藝術』與特殊時期的社會生活契合。詩風温潤清澈，富于藝術美和歷史感。

扶桑八吟

一　重訪日本

平成七載訪扶桑。日午當空葉始黃。
今日四番游舊地，故人笑指滿頭霜。

◎自注　我曾四訪日本。二〇一一年十月二十一至二十九日重訪一橋大學。

【點評】

尾句以諧趣寫滄桑，現場感極好。蘇軾《縱筆》詩曰：『寂寂東坡一病翁，白須蕭散滿霜風。小兒誤喜朱顏在，一笑那知是酒紅。』

二一 一橋大學

當年四月落英紅，仿佛虹橋錦緞中。
一十三年重問道，人文探索未成功。

◎自注 首次訪日，坂井洋史教授多次邀我去一橋大學演講，主題是人文精神尋思；第二次訪日在一橋大學演講『知識分子的價值取向』；這次訪日，十月二十四日在一橋演講『知識分子與現狀』。謂之革命尚未成功，我輩仍須努力。

【點評】

一二句優美。『問』作『論』可能更恰當些。尾句略嫌直白。

三　坂井洋史

巴金無治傳真諦，君我師門廿二年。
把酒輕狂説理想，惟憑熱血薦前賢。

◎自注　坂井洋史教授曾是復旦大學訪問學者，師從賈植芳先生。研究巴金及中國無政府主義運動，成就斐然。這次訪日除公務外，多次與其出游，甚歡。

【點評】

此首側重同門之誼。『前賢』當指巴金。尾句或從魯迅『我以我血薦軒轅』化出。

四　佐野書院

楓葉初紅草木芬，聲聲吉令隔窗聞。
推簾踏步青苔濕，卵石前頭是歿墳。

◎自注　佐野書院爲一橋大學前校長的私宅，後捐贈給學校爲招待所和會議廳。環境幽静，生機盎然，葉紅草翠，秋蟲長鳴。小蟲鳴叫時發出『吉令』『吉令』的聲音，因稱吉令子。我居住于此。花園深處，竟有一座戰歿紀念墳。

【點評】

筆調自然清秀，尾句忽然轉出戰歿紀念墳，歷史意蘊耐人尋味。

五　出游青梅

坂井驅車破曉晨，多摩河畔草茵茵。
風旗老廠懸新緑，妹妹家餐豆腐純。

◎自注　十月二十三日，坂井教授陪同參觀東京郊區青梅一家製作澤乃井清酒的百年老店，創業于一七〇二年，其風俗，每當新酒上市，廠房前高懸緑色樹葉製作的圓球。當日，在多摩河畔『妹妹屋』飯館午餐，『妹妹屋』以豆腐製作聞名。

【點評】

生活氣象撲面而來，詩意流暢如山水清音。

六　草思堂

民衆廣知諸葛亮，草思堂主筆驚魂。
門前老鋪陳山貨，清水瓷盆養辣根。

◎自注　青梅有草思堂，是日本作家吉川英治（一八九二—一九六四）的故居。吉川曾改寫中國歷史小説《三國演義》，使三國人物在日本家喻户曉。草思堂前有一家老鋪出售新鮮辣根，狀似蘿蔔，用清水泡養。我在二十幾年前第一次吃刺身時曾嘗過新鮮辣根，但未睹原物。這次始見。

【點評】

三四句作『却看老鋪陳新貨，盆養鮮活是辣根』如何？

七　小樽

小港深秋寒意漫，運河依舊水潺潺。
主人惠我當年景，白雪紛紛覆滿山。

◎自注　十月二十七日，阪本達夫陪同去北海道。小樽爲日本早期港口城市，至今保留古運河航道等景點。運河邊有流浪畫家賣畫，專畫運河當年四季景色，阪本送我一幅冬天景象的油畫作品。

【點評】

好美的意趣，詩味甚佳。

八　札幌吃蟹

北海蟹神名鱈厰，披堅如鼓巨螯長。
刺身煎烤渾湯煮，饕客沉酣入夢鄉。

◎自注　北海道特產巨型海蟹，名叫鱈厰，體大螯健，威風凛凛。十月二十七日在札幌『蟹本家』餐館用餐，選一隻鱈厰加一隻毛蟹，以刺身、煎烤、煮湯等多種厨藝配置菜肴，老饕大快朵頤，奮而酣戰。戒酒多年，開禁，大歡。

【點評】

文氣舒暢場面鮮活，友情意趣含蓄其中，未可等閑饕餮視之。

送友人兒男出國

雛鷹伸翅翼，雄志在雲霓。
駒馬三行跪，風吹草没蹄。
晨曦遮不住，噴薄勢崩堤。
慈母拳拳意，依依極目西。

二〇一二年九月六日

【點評】

前六句排比博喻，對晚輩才俊欣賞祝福鼓勵期待之意洋溢，尾聯忽用孟郊《游子吟》詩意，既寫送别，亦含期待。親切情味，語短意深。

題《清代松江府文學世家述考》

江左遺民修國榷，重光日月三百年。
所南心史承天起，酣墨流芳遠國權。
自古雲間多鶴唳，平原盛藻賦文篇。
詞章奕世行玄德，飛燕舊家舞蹁躚。
嗚咽吴淞江浪涌，子龍慷慨闇公賢。
前清一代傳文脉，時至甲辰裊裊煙。
十里洋場開埠日，秦婁縣制失源泉。
西風東漸飄鰲足，秋雨春申海上仙。

敬賀徐中玉先生百歲大慶

文界天王尊海上，無私無欲則威剛。
風波劫後青松柏，雨雪行前赤葉霜。
修水殘年豹愁隱，香山晚歲鶴閑翔。
新苗恨不長千尺，猶憶麗娃逢盛唐。

二〇一三年十月十九日

【點評】

徐先生一代人傑，領袖風範，長居麗娃河畔，數十年叱咤文壇，風靡蔡翁矍鑠齗猶健，富老龍蛇腕若翩。
一路風霜追理想，且留頭顱念前賢。
我今獻賦歌仁者，未及擎杯已忘年。

二〇一三年六月二十日

◎自注　二〇一七年觀泉、秀珍伉儷先後仙逝，年底丁公駕鶴。重讀此詩，憶及盛筵，不勝感歎。二〇一八年元月三日。

【點評】

序與詩記録當代滬上文化名流故事，場景感人情懷真摯。中間幾句列錦式，如杜甫《飲中八仙歌》之章法。

惟有民間求諸禮，華亭俊傑續滄田。
雪之問學關天意，王謝詩魂再奏弦。

二〇一三年七月十八日

◎自注　徐俠（字雪之）著《清代松江府文學世家述考》（套裝共兩册），上海三聯書店二〇一三年十一月出版。

【點評】

淵博古雅舒暢，亦叙亦咏亦贊，有唐人歌行神韻。

題韋泱《癸巳雅集》并序

癸巳五月十三，丁公景唐先生設宴梅園邨，老友相聚。席中公爲尊長九秩有四，富華老米壽，蔡根老、觀泉先生和夫人魯秀珍女士都年過八秩，可謂壽星聚會。丁公與觀泉先生傾蓋甲子，與蔡、富兩老鷗盟四十，誼澤流芳，嘉惠後學。諸晚輩奉觴頌壽，其樂融融。韋泱兄《癸巳雅集》亦叙此盛事，乃感不可無詩記之。

丁公藹藹盛華筵，南極群仙鶴鹿緣。
夫子觀泉彌益壯，魯姨酣酒晚霞連。

寰内，人皆敬之。生當此世，自難免『霧豹』之憂，然天佑仁智，允壽允康。此詩贊頌美飾，并不過分，皆出自真誠，得賀壽敬賢之體。

花甲吟

花甲罔聞能耳順，輪回歲月又逢春。
曹公未盡辛酸泪，賈府偏傳中意人。
不惑犬耕書夢路，知天螢照夜游神。
如今耳順安身處，書海茫茫守我真。

二〇一四年二月二日

◎自注　甲午新年初三，我接到學校任命圖書館館長之訊。詩中『賈府』指恩師賈植芳先生。先生晚年曾擔任館長之職。

【點評】

巧思妙趣，聯想自然，書香本色，非俗人可得也。

爲賈植芳先生藏書陳列河西學院而題四首并序

復旦大學圖書館同仁護送前館長賈植芳先生的藏書赴甘肅張掖河西學院，參加捐贈儀式，并參觀著名的丹霞國家公園。當晚宴席，應劉仁義校長之邀，吟小詩四首。

一　黑水

黑水藏書償夙願，齋名伴讀數十年。
今知古國合天意，復旦河西喜結緣。

◎自注　張掖古代曾名黑水，與寒舍齋名相符。

二　捐贈

感念恩師靈在天，藏書護送到祁連。
植芳萬里絲綢路，浩瀚精神大漠煙。

三　薪傳

西北芝蘭海上傳，幽香暗渡故山川。
賈門三代情深處，翰墨詩書韋數編。

四　丹霞國家公園

七彩羅裙百色冠，三千佳麗秀曼曼。
莫道入眼沙無海，一片丹霞燦若瀾。

組詩完成于二〇一四年七月六日

【點評】

名師情懷，名山境界，名賢雅事，温潤芬芳。我旦薪火，正如丹霞獵獵，淑世彤天。

甲午紀事四首

一 履新

馬蹄聲漸遠，回首兩頭春。
花甲輪新崗，書航守舊人。
殘碑存氣息，故紙拂蓬塵。
修復兼培育，精英薈萃臻。

◎自注　三月二十日任復旦大學圖書館館長。十一月三十日推動成立復旦大學中華古籍保護研究院。

【點評】

學人心事，册府情懷。『薈萃臻』動詞重複，費辭了。尾句太鑿實，可否用點兒象徵隱喻之類，比如『青坪歲歲茵』之類。老師和弟子們看書累了，到草邊林下散散步也好，别總是督促讀書啊（一笑）。

二 講座

巴公冥壽誕，金粉聚東南。
心事三緘口，反思九悔腸。
抉微揚死火，深讀起沉涵。
點滴成淺見，崎嶇道且長。

◎自注　爲紀念巴金公一百一十冥壽，先後應邀于上海圖書館、浙江省圖書館、湖北省圖書館、思南公館等處演講巴金晚年的理想主義。

【點評】

『金粉』之稱時髦，以俗爲雅。到底是研究巴金的大學者。

三　捐書

賈公恩澤遠，大漠植莘莘。
鐵臭連年夢，書香幾代人。
霞光丹彩石，佛相卧精神。
此地尊文化，芸芳夫子真。

◎自注　恩師植芳先生藏書捐贈河西學院，師門同捐數千册，七月率團赴張掖，游丹霞山、卧佛寺等。

【點評】

賈公藏書捐給甘肅河西學院，師生共襄義舉，長存夫子情懷。此以詩入史之體。『大漠植莘莘』好句。

四　雜題

今歲無新著，文章集舊編。
行思華語際，翹望巨人肩。
兩度飛黄鶴，一身飄紙鳶。
往來風雨化，地有線連牽。

◎自注　甲午年搜舊文編成兩部論文集：《行思集——臺港澳及海外華文文學論集》和《巴金晚年思想研究論稿》。應作家方方邀請兩次赴武漢華中科技大學演講，并先後在長春、杭州、首爾、臺灣、香港等地參加學術會議。

【點評】

娓娓而談，夫子心事自然流淌，謙遜誠懇，無飾無掩。是當下學人四處奔波傳道授業的真實情形。尾句欠飄逸，『連牽』兩動詞重疊生硬，若改作『萬里任書緣』如何？

組詩完成于二〇一五年元月十日

讀《瓢吟》贈沈善增

弱水三千起一瓢，伏中揮汗涌文潮。
談天説地君真健，養氣明心病自消。
釋道孔爲家學問，詩書功乃國之驕。
善增日日增嘉善，勝過磻溪老釣猫。

二〇一五年八月三日

◎自注　沈善增（一九五〇—二〇一八）上海作家，著有《還我莊子》《還我老子》等系列著作。并兼通氣功治病、書法詩詞等。

【點評】

好有趣！温馨詼諧，活潑靈動之詩。

哭潘朝曦醫師

潘公駕鶴走陰陽，霹靂晴空遍地霜。
十殿恐疏新鬼册，九霄彌漫老仙殤。
精誠祛病延天命，率性爲詩繼漢唐。
辣手仁懷真俊傑，文心醫道正無疆。

二〇一五年五月二十三日

◎自注　潘朝曦（一九四九—二〇一五），著名中醫、詩人。

【點評】

情深意重辭雅，既得傷悼之體，又合其人其事，亦醫亦詩，非斯人不能享此詩，非斯友不能叙此意。中間兩聯奇警，尾聯厚重雋永。

偶作

老生未忘公家事，赤日黄塵汗漬衣。
樓館間行千步遠，往來自減一分肥。
眼花能識朦朧美，心悟方知昨日非。
秋色人生紅爛漫，藍圖意趣正深微。

二〇一五年七月十八日

【點評】

有趣！詩心詩趣愈老愈佳，詩筆亦趨輕靈俊爽。首句或從黄庭堅『癡兒了却公家事』化出。第六句從陶淵明《歸去來兮辭》『覺今是而昨非』化出。余與思和同年，嘗自忖曰：『丹楓無意鬧春頭，總趁霜華染素秋。』中年心事，或有同然。

【胡中行原玉】

元宵感懷寄思和兄

生逢子午不相衡，遥望高天馬是龍。
秘閣更生稱霸主，翰林永叔拜文宗。
春風同振詩中鐸，秋雨猶鳴石下蛩。
未敢騷壇留足迹，但求落筆少平庸。

赴珠海

銀翼九重看晚霞，雲催霧涌日西斜。
身離六合中安在？時入逝川夜更佳。
老去無端忙俗務，病來乘興吃閑瓜。
追光四十桃林盛，喚作後生勤畫蛇。

二〇一七年十一月二十六日

【點評】

二〇一七年十一月二十六日，由中山大學和廣東人民出版社聯合舉辦的『筆走龍蛇四十年——《陳思和文集》（七卷本）出版發布及研討會』在珠海舉行。

首聯并非單純寫自然景觀，晚霞夕照乃人生之隱喻，『雲催霧涌』也是生命過程之隱喻式表現，如同杜甫詩中的秋和江意象。六合指天地四方，宇宙空間。《莊子·齊物論》：『六合之外，聖人存而不論；六合之内，聖人論而不議』。第四句用《論語》『子在川上曰逝者如斯夫』之典。頸聯對仗可謂講究。全詩都是感喟人生的格調，每一句都有生命在歲月中老去的意味。思和教授雖然德高望重資深髮白桃李滿園著述等身，但不過中年而已，雖稱『老去病來』，實則壯心未已，人文學者花甲年華，豐頤而嘉，筆走龍蛇之既往，亦開無限之未來。如此解讀，或許略合『銀翼追光』之深意。建議尾句改作『依舊龍蛇未有涯』。似乎更合詩人題意。

紀念

辭歲偏逢霾重日，閉窗獨守憶先賢。
忍傷師友登仙列，惟剩詩文作挽聯。
回首龍蛇成舊卷，隱身魚蠹度殘年。
忽聞今日高樓起，披得白雲赴盛筵。

二〇一八年元月三十一日

◎自注　丁酉年，我師長輩錢谷融、丁景唐、范伯群、王觀泉、魯秀珍、羅飛等，同輩好友王富仁、吴定宇等先後仙逝，除夕之夜，燒詩祭之，表達我的思念。

【點評】

『燒詩祭之』，沉痛！不知作者是否想到了《紅樓夢》『黛玉焚詩』的故事？也不知作者燒的是什麽詩？但不論燒什麽詩，總是一番沉痛的悼亡心事。詩之次第正是心之次第，起承轉合自然而然却極細密嚴謹，詩意從心底流出，結構便自然成立了，是『從心所欲而不逾矩』的藝術境界。偏、獨、忍、惟，一句一轉折，愈轉愈沉痛。第七句忽然飄逸于天人暌隔之處，將生命短暫無奈之沉痛升華爲精神永恒之寬慰，遥寄思念，温馨深切又凄婉綿長。

敬賀陳公允吉先生八十壽慶

滴水如泉教誨恩，十年駒影尚留痕。
高峰學府商山老，健筆詩壇庾信魂。
朋輩相看霜亦重，吾師獨喜玉之温。
人生八秩能何欲，仙酒蟠桃弱馬孫。

二〇一八年三月二十五日

【點評】

余負笈復旦，亦修陳公課業，讀其著作，蒙其教導。陳公黠慧天睨，望之靄如，即之也温，聽其言則精簡清爽，有禪悦風神。此詩用博喻之法，以『商山老』『庾信魂』『玉之温』『弼馬孫』形容之，趣雅而妙。

長春

天寒又出門，風雪到長春。
銀翼輕浮地，團雲仍繚人。
乾坤中樹道，遠近白楊聞。
關外人情重，舉杯酒性醇。

二〇〇九年十二月二十九日

復旦中文八五慶典

天地悠悠歲月稠，開基望道鳳凰游。
錚錚鐵骨狷狂士，脉脉文流浩瀚秋。
三代傳薪風迅路，百年積德照隅樓。
江山代有新人出，千古風騷望仲謀。

二〇一〇年十一月七日

次韻鵬舉中行諸兄讀樓世芳庚寅記事詩

休説官家涉險途，青蟬黄雀兩須臾。
有心白日聽談鬼，俯首星窗學畫符。
上蔡難閑牽狗手，桃源惟惜自由顱。
河東三十河西轉，又喜四鰓餐上鱸。

二〇一一年三月二日

壬辰紀事

難忘春前羅馬雪，斯城聖誕雪連天。
雪來雪去牽牛路，歐北歐南驛馬年。
一躍西洋新學説，四飛東島會親賢。
偷閑文字多懷舊，竊喜已辭烹小鮮。

二〇一三年元旦

師生相聚，六十初度

誰言羚角難尋迹，桃李春風度有痕。
卅載暑寒原上草，一分肝膽崗中人。
師承續命非傳道，物潤無聲更鑄魂。
花甲從頭修勝業，教鞭猶舉抖精神。

二〇一三年元月二十八日

癸巳紀事四首

一

人生何止境？歲末更其尤。
碌碌知天命，匆匆甲子游。
星垂平野闊，月涌大江流。
今讀唐人句，詩心入晚秋。

二

晚秋真感秋，多病獨登樓。
十載腸中鬼，三番足下囚。
纏身龍共舞，涌血馬奔流。
美味旁觀客，鹹甜不自由。

◎自注　那年我多病并發，有高血壓、腸潰瘍、痛風和帶狀疱疹。

三

自由心使由，老樹雀啾啾。
且洗烹龍手，甘閑吐鳳眸。
紅顏文彩夢，白首嫁衣謀。
旅美多風雪，逍遥海上舟。

四

打油添緹油，土下蛹翅浮。
韋絶存三卷，史文編兩儔。
書傳沙漠北，志指楚淮秋。
更喜尋春色，癡狂笑白頭。

◎自注『土中蛹』是我的一部回憶録，後以《暗淡歲月》問世。同年我出版三卷《思和文存》，與王德威教授合編兩種刊物《史料與闡釋》《文學》。同年赴内蒙古呼和浩特參加《文存》的新書發布會，并接受淮陰師範學院特聘教授三年。

組詩完成于二〇一三年十二月十五日

林建法兄執編《當代作家評論》三十年榮退南下定居蘇州

惟君情鍾好文章，借得東風做道場。
南應北呼三十載，縱横奔走一分丹。
膽肝相照真兄長，心血催春壯衆芳。
若問此番南下意，東吴立馬辟新疆。

二〇一三年十二月二十六日

和鵬舉《得白石篆印『漁翁』、明德化窑瓷『嘯客』作》

秦磚漢瓦霧烟濃，國史心魂古井中。
弦響惟知酬嘯客，江聲何妨配漁翁。
青瓷雅骨生春暖，白石布衣回世風。
自有高山流水在，閑來草木戲魚蟲。

二〇一四年二月二十八日

題《静安之韻》首刊

閙市中泉涌寺宫，弦歌起八代衰風。
天音神律軒轅角，雨粟鬼啾倉頡瞳。
大道中行師表裏，江湖横渡性情中。
詩鐘非爲文君響，桃李繽紛葉葉工。

二〇一四年六月六日

◎自注 《静安之韻》，胡中行創辦，詩歌刊物。

和沈善增《六五自壽》

人生收穫在金秋，稻穗沉沉德化周。
莊老還君新地界，彌陀渡世賴天酬。
宅心伊甸何家喪？沉氣虛中任我游。
身在江湖疏問廟，鵬程走狗兩非謀。

二〇一四年十月八日

【沈善增原玉】

六五自壽

人生已入百年秋，返顧往昔佛佑周。
曲折引迷上康道，還真歸實是天酬。
免擔孔孟喪家累，幸得老莊順性游。
福報怎求超此福，餘生更爲衆生謀。

爲松江醉白池建園五五周年賦

谷陽文起平原賦，詩酒偏承白樂天。
四面風凰通海上，九回頭鹿望雲間。
參天古木淩煙石，紅紫牡丹青碧蓮。
更喜名園歸億兆，喧囂聲裏盡歡顔。

二〇一四年十二月二十五日

感賦

前後三三路正長，從頭細說九回腸。
公婆好語繾綣老，歲月無情倏忽忙。
足下春風冬日暖，心儀秋菊傲晨霜。
烟塵亂世千般願，唯有平安報健康。

二〇一五年元月十六日

賀李輝六十誕辰

金猴甲子頑童壽，佛指山崩更自由。
一襲布衣俠世界，六根劍氣孔春秋。
賈師親炙横眉客，群老峰前孺子牛。
燕園晨曦曾記否，翩翩英俊舞風流。

二〇一五年十月二十日

大雅三美堂贊

工部詩夔蜀，風騷正國殤。
奇哉山谷體，刻石慕追唐。
楊素丹棱子，高堂庇守藏。
風流三美雅，千古焕文章。

二〇一五年十一月九日

◎自注　大雅三美堂，位于四川省眉山市丹棱縣，始建于北宋元符三年（一一〇〇），由當地名士楊素出資在丹棱城南承建。這是一個集唐代杜甫詩碑、北宋黄庭堅書法藝術爲一體的藏書堂，因黄庭堅題名『大雅堂』并作《大雅堂記》而得名。

贈楊玉良院士

璞玉渾真待補天，書生意氣慶雲間。
身爲院士尊新學，心系人文續舊賢。
雄辯年年秋與夏，宏圖代代夢中圓。
聞君一句真情話，白馬成斑仍奮前。

二〇一六年一月十五日

◎自注　楊玉良院士曾任復旦大學校長，以雄辯馳名，每年夏季畢業典禮，秋季開學典禮，都發表精彩演講，崇尚精神獨立，思想自由，傳爲美談。

送劉志榮南下

亂世風驚鬼谷鄉，孫龐都爲下山忙。
身懷荆楚和家璧，足踐葦舟新錦囊。
弘一盛年從白馬，瞽翁終老頌紅妝。
斯人願學前賢路，飼虎仍須投大荒。

二〇一六年八月十一日

八二級同學畢業三十周年

校門揮手别朝暉，三十春秋動紫微。
風帶雁聲還泛泛，浪推魚躍已飛飛。
青雲踏步功名在，沂水舞雩志相違。
同學少年多不賤，繁霜染髮笑輕肥。

二〇一六年八月二十一日

《明報》創刊五十周年

神州妖氛起，明月照南疆。
文化俠精義，風傳士國殤。
一刊懸日月，半世耀星光。
天地公心在，何人敢帝王？

二〇一六年十一月二日

挽王富仁

迅翁延壽再傳人，五四文統國學新。
吶喊彷徨思想鏡，北師南汕獨孤身。
遥聞死別渾無淚，老病生離總黯神。
宇宙無須尋驛站，鴻爪白雪已存真。

二〇一七年五月三日

爲《復旦談譯録》（創刊號）而作

巍巍學府，焕焕文章。中西學術，兼并相長。
語言作媒，經緯八荒。其源嚴子，嚴譯煌煌。
馬恩新説，遠涉重洋。仰天望道，俯首植芳。
宣言初版，星斗導航。住宅三論，暗夜爝光。
楊家有女，名利曰瑒。莎翁有孫，黎琊爲王。
傳承伍譯，文論西方。漢英大典，陸師擔綱。
巴比建塔，人類夢鄉。前賢之路，後輩弘揚。

拈花談譯，天女散香。旦兮復旦，世紀永昌。

二〇一七年五月二十三日早晨

◎自注 《復旦談譯録》爲復旦大學翻譯研究中心出版的不定期刊物，復旦師生切磋翻譯之學術論壇。主編囑我作序，特寫三十二句贊詞，叙述復旦翻譯史。上追復旦公學第二任校長嚴復，中述陳望道校長譯馬恩《共産黨宣言》、賈植芳先生譯恩格斯《住宅問題》的歷史功勛，再贊楊必、孫大雨、伍蠡甫、陸谷孫等翻譯大家的煌煌成就，以勵青年俊杰弘揚前賢篳路藍縷之精神，光大復旦譯介經典之傳統，在學校『雙一流』建設中努力形成自己的品牌。

辭歲集錦六首

壬辰

龐貝無聲問上穹，岩山猶見絳雲濃。
地中海客迎龍歲，袖手聽濤過暖冬。

二〇一二年元月二十一日

癸巳

雪邀思和美利堅，鵝毛千里九重天。
殷勤問客何所念，君在家鄉過大年。

二〇一三年二月九日除夕

甲午

春節五年泊異鄉，今留海上馬收繮。
圍爐辭歲千千結，任重蹄輕道也長。

二〇一四年元月三十日除夕

乙未

天道行羊遍地祥，花明柳暗草肥長。
勸君多盡杯中酒，醉眼朦朧到夢鄉。

二〇一五年二月十八日除夕夜

丙申・和褚水敖新年詩

辭歲桃符又換新，人增衰髮草逢春。
午茶敬客消饞酒，晝夢尋詩補養身。
洪憲百年稱帝少，文灾半世望民淳。
老猴舞弄千鈞棒，霾霧煙中煞有神。

二〇一六年元月二日

丁酉·和褚水敖元旦詩

雞不司晨人自醒，無聲無擾又新年。
扶桑樹下禽流感，甜黑鄉中牛鼻牽。
百載常思俄國炮，一朝穿越大唐天。
新詩吟罷朦朧悟，難學先賢孟浩然。

二〇一七年元月五日

改革開放四十年

曾是青葱佳歲月，潜龍鱗動萬星泥。
生逢盛世思天寶，潮起江湖涌晏齊。
四十功名塵落定，八千里路影依稀。
人生莫道難回少，流水門前尚可西。

二〇一八年元月三十一日

◎自注　晏齊，指春秋時期齊國名臣晏嬰，又稱晏子。這裏隱喻改革開放的總設計師鄧小平。

復旦大學圖書館百年館慶

百年盛慶啓新程，蛙躍春池壯有聲。
古保傳承功在國，特藏搜集唤嚶鳴。
一流服務最根本，三駕馬車必遠行。
更盼新樓基石奠，圖書數據笑傾城。

二〇一八年十二月三十一日

五四運動百年祭

弱國外交須自陳，百年文運又逢春。
生當獨秀人皇在，魂祭雙旗北大新。
己丑戊午多起伏，跳蚤龍種一般珍。
慨然回首迢迢夢，微念不生存我真。

二〇一九年元旦

◎自注　雙旗，指德先生、賽先生兩大旗幟。

六六自述

六六何時辭碌碌，清茶濁酒紅燒肉。
銀杯邀月影成三，玉露侍星思不獨。
老馬有鞭道旁兒，亥猪無慮夢中穀。
萬緣放下吾心寬，默默昏昏也是福。

二〇一九年一月廿八日

庚子吟

幽幽魅影弄風雷，冬盛春蘇逆襲催。
若有嘯音通九闕，豈能庚子累三災。
千家年節無聲息，一綫死生平疫埃。
神鼠洞中安健好，于昏睡後自徘徊。

二〇二〇年二月七日

附 録

雪泥不駐飛鴻影，留取銘心照膽肝
——《魚焦了齋詩稿初編》讀後及其他

王宏圖

勞生了却公家事，閑坐窗前數落花

我們先來賞讀一首名爲《漫題》的七言律詩：

勞生了却公家事，閑坐窗前數落花。
初喜小園深緑意，且驚黑水映金霞。
十年罔識林蟬曲，一覺夢歸槐蟻家。

但願此心游宇宙，詩書漫讀伴清茶。〔一〕

乍看之下，這首詩作頗富宋人的氣象格調。雖然開頭兩句化用了王維《鳥鳴澗》『人閑桂花落，夜静春山空』的情韻意境，但綜觀全篇，占主導地位的則是清曠簡遠、流暢自如的筆調，字裏行間流淌着宋詩的流風餘韻：它將擺脱了繁冗公務後的愜意自在，人生如夢的感喟，馳騁天宇、自强不息的志趣，以及賞讀詩書品飲清茶的閑情逸致熔鑄爲一體，精微細密地描摹出作者對于生命的多層面體悟。而它的作者并不是埋首于浩如煙海的故紙堆中的冬烘學人，而是以『新文學整體觀』『二十世紀中國文學中的世界性因素』『民間叙事』『潛在寫作』等新鋭話語享譽學界的陳思和教授。他自幼在外祖父指導下寫作舊體詩詞，成年後在繁忙的工作之餘，以詩會友，觥籌交錯間詩興勃發，涉筆成趣，日積月累，蔚爲大觀，而《魚焦了齋詩稿初編》則收録了其近年來的一些精粹之作。

舊體詩（包括五七言律詩、絶句，以及各式古體詩）本高踞于中國文學的頭把交椅之上，到了十九、二十世紀之交，由于它難以適應時代的急遽變遷而孵化出可以充分體現現代人思想情感的藝術表現方式而日趨式微。其間，梁啓超、黄遵憲等人曾宣導『詩界革命』，企圖將『新思想』『新意境』『新名詞』『新語句』等元素植入到『古人之風格』的舊框架内，使其重新煥發生機，但最終也無法扭轉其頽勢。〔二〕『五四』新文學運動引入外國詩的形式之後，它更是被褫奪了正宗地位，被放逐到文學版圖的邊緣位置，文學史教程、專題研究論著以及批評文章也是絶少提及。然而，這并不意味着舊體詩在文化生活中的死滅；相反，百年以來，一大批忠實的擁蹇源流不斷、樂此不疲地酬唱應和，而像魯迅、郭沫若、郁達夫等新文學的先驅者也寫下了衆多廣爲傳誦的詩章。平心而談，作爲數千年中國古典文化之樹上結出的璀璨之花，它藴含着那一業已衰敗的偉大而輝煌的舊文化的衆多密碼，在諸多熟語陳規中折射出了知識階層的集體無意識。再次，由于新體詩歌迄今没有成功地與傳統詩歌資源進行有效的對話并進行創造性的轉化，而作爲中華文化血脉一支的舊體詩，憑藉其『詩言志』傳統的强大慣性，已成爲現代文化人抒寫内心情愫、互通款曲的重要載體。

回顧三十餘年來的學術道路，陳思和曾有這樣一番夫子自道式的概括：『我的學術道路大致有三個方嚮：從巴金、胡風等傳記研究進入以魯迅爲核心的新文學傳統的研究，着眼于現代知識分子人文精神和實踐道路的探索；從新文學整體觀進入重寫文學史、民間理論、戰争文化心理、潛在寫作等一系列文學史理論創新的探索，梳理我們的學術傳統和學科建設；從當下文學的批評實踐出發，嘗試去參與和推動創作。』〔三〕誠然，從數百萬字的理論、批評文字中，我們可以觸摸到他密切追踪當代文學創作變遷、關注其發展趨向的那顆敏感而執着的心，體察到他對新文學傳統和人文精神的捍衛和堅守，并爲他在文學史寫作過程中發衆人所未發的膽識、勇氣和洞幽燭微的才識而感佩——靈敏的讀者無疑會透過這些抽象的理論話語，窺見陳思和精神世界的諸多側面。然而，由于它們畢竟多是概念的推演與闡釋，無法直接展示他的内心世界，而他創作的諸多舊體詩恰好爲人們提供了一個絶佳文本，使人們得以相對完整地體察他的人格天地，瞭解它的發展演化軌迹。它不僅僅是其個人生活的寫照，也成爲三十餘年來中國諸多文化人精神生態的範本。

鈞陶萬物心生累，筆走華年意別裁

回首百年整體觀，談文海上助波瀾。
燎原一炬追周魯，破繭千絲續馬班。
東海從師游港九，南天會友識臺灣。
雪泥不駐飛鴻影，留取銘心照膽肝。〔四〕

二十餘年後，當陳思和增删舊日文稿，回憶起自己二十世紀八十年代投身參與波瀾壯闊的文學復興浪潮時，感慨良多，寫下了上面這首詩。

前三聯再現了當年的文壇盛景，國門復開，作者得以遠行香港，熏染在歐風美雨之中，并結識了來自臺灣的諸多文化人，而海峽兩岸和香港的文學大圖景在頭腦中豁然孕育成形。尾聯前一句襲用蘇東坡《和子由澠池懷舊》中前四句之意，後一句則化用文天祥《過零丁洋》中膾炙人口的詩句『人生自古誰無死，留取丹心照汗青』。這堪稱是一種奇妙的結合。蘇軾的詩句『人生到處知何似，應似飛鴻踏雪泥。泥上偶然留指爪，鴻飛那復計東西』將人生的虛渺不定、來去無踪的生存情狀揭示得淋漓盡致，赫赫巨功偉業，最終都將消弭崩潰，歸于虛無。但全詩并未因此陷入悲戚愁苦之中而不可自拔，展露出來的則是老莊式的淡定從容、與時俯仰的氣度，人生雖無常，但清風明月却能給人無窮的慰藉，人生的樂趣和價值也寄寓其間。而文天祥的價值取向則正好與之相反，體現出强烈的儒家入世精神。太史公司馬遷在《報任安書》中所言『人固有一死，或重于泰山，或輕于鴻毛，用之所趨異也』對此做出了最好的佐證。在文天祥的心目中，人生固有一死，但精忠報國、堅守氣節成了至高無上的價值，也是人生意義的源泉。肉體可以殞滅，但一個人的高風亮節將長留史册，彪炳千古，成爲後世的楷模。顯而易見，陳思和在此將兩種貌似對立的價值取向集于一體，作爲其追慕仿效的人格理想。它既延續了古代的人格理想，又烙上了鮮明的時代印記。

熟悉中國文化史的讀者，對這一人格模式并不陌生，它是『達則兼濟天下，窮則獨善其身』這一儒道互補人生態度的體現。在明君當政、政治賢明之時，他們以義不容辭的道義責任心投身政務，輔佐君主，力創國泰民安的盛世；而當奸臣當道、懷才不遇之際，縱情于山水自然之間，以求得身心的平衡和人生的樂趣。多少世紀以來，古代的士大夫階層憑藉這一進一退的生存策略，充裕自如地應對着各種危機困窘，一代代傳承着中國古典文化的血脉。而到了十九、二十世紀之交，在西風東漸的衝擊下，中國面臨着『數千年未有之變局』，而以往一向行之有效的儒道互補的人格理想已無法有效地應對急遽變遷的社會環境，轟然崩塌下來。伴隨着帝制的終結，士大夫階層所有價值與人生追求的軸心蕩然無存，他們在轉型爲現代意義上的知識人的過程中充滿了各種物質上的困窘和精神的折磨。魯迅在二十世紀二十年代寫下的那段文字典型地體現出了那一代知識人的精神面貌：『我沉静下去了。寂静濃到如酒，令人微醺。望後窗外骨立的亂山中許多白點，是叢冢；一粒深黄色火，是南普陀寺的琉璃燈。前面則海天微茫，黑絮一般的夜色簡直似乎要撲到心坎裏。我靠了石欄遠眺，聽得自己的心音，四遠還仿佛有無量悲哀，苦惱，零落，死滅，都雜入這寂静中，使它變成藥酒，加色，加味，加香。這時，我曾經想要寫，但是不能寫，無從寫。這也就是我所謂「當我沉默着的時候，我覺得充實，我將開口，同時感到空虛」。』〔五〕

魯迅那代人所受的精神磨難，還只是現代知識人所遭受的浩劫的序曲。其後一波波的内憂外患更是將他們推入了無休止煎熬的煉獄之中。時至二十世紀八十年代，萬象更新，但接踵而至的以市場爲取向的經濟改革所激發的社會振蕩，又一次將他們推到了困窘無措、荷戟彷徨的境地。如何在儒道互補的傳統人格基礎上推陳出新，注入富于生命力的新鮮内容，爲世人重新找回精神上的安身立命之所，鑄造出一種新型的人格，成了文化人不容回避的重大挑戰。從二十世紀八十年代後期起，陳思和便開始了對這一問題的探索。通過反思『五四』新文化傳統的成敗得失，他敏鋭地覺察到：『新文化既然在文化源流上無根可依，于中國、于西方都没能抓住并弘揚其文化的根本精神，所以它要發展自身就不能不依附于社會的進步和健康的政治力量，不能不依靠不斷吸取新的文化思潮乳汁，以不間斷的實驗與更新來刺激起文化的活力，造成一種繁榮的幻象。這在思維方式上就不可避免地造成兩種定勢：一是政治爲本，二是主義爲大。』〔六〕而它也是導致當代文化人人格偏執扭曲的一個重要緣由。爲此，他提出知識者應厘清自己的社會責任與學術責任。在此基礎上，通過梳理二十世紀社會轉型期知識分子不同的價值取向，他又提出了引起極大反響的『崗位意識』的命題。它最表層的含義是知識人有一份可以寄托其理想追求的職業，但它不一同于一般的飯碗，『是因爲它本身寄寓了人文理想』；正由于秉持着這份人文理想，他的功能也就不局囿于這單一的崗位，他應大膽無忌地發出聲音，對社會上充斥的種種不公進行批評；能夠做到這些，他已盡到了其學術責任與社會責任。但『崗位意識』還有更深一層的含義，即『如何維繫文化傳統的精血』，起到一個文化守護者的作用。〔七〕

至此，一種新型的人格理想躍然紙上。對文化價值的堅定守護，對社會問題的殷切關注，與儒家的入世關懷甚相吻合；而爲學術責任與社會責任劃定界線，不讓後者無端地侵蝕前者，其實爲現代文化人預留出了一片可供精神自由馳騁的畛域。它有着相當的自律性，不受政治風雲變幻的肆意干擾。它雖與寄情自然山水的道家學説不能畫上等號，但就賦予個體精神獨立與自由這一點而言，有着某種程度的相通之處。在這一人格構成中，和往昔的士人夫不同，現代知識人是作爲一個獨立的個體出現的，他們不再依附于政治廟堂，不再將後者作爲人生價值的樞軸，在陳思和的眼裏，他們的文化創造，本身就禀有神聖的意義，『人類歷史最輝煌的篇章之一，不就是知識分子的文化歷史麽？他們在人類社會充滿暴力與殘酷的歷史進化過程中，另塑一個温馨無比的精神發展王國，與冷酷的世俗權力抗争，與卑瑣的動物本能抗争，繼絶存亡，薪盡火傳，這，才叫做知識分子，才叫做知識分子的文化傳統』〔八〕。在悼念恩師賈植芳先生之際，他更是通過對古人『三不朽』的重新闡釋，對這一人格理想做了具體、通透的展示：『「立德」表現爲一個人能否爲周圍環境營造一種良好的氛圍，通過提倡什麽，反對什麽來影響他人，并有能力將這種原則貫穿到自己的日常行爲中去；「立功」表現爲一個人能夠在自己的工作崗位上努力，作出顯著的成績，并以這樣的成績有益于社會的良好風氣；至于「立言」，在我看來，不過是「德」與「功」的注釋而已，并非是最重要的，尤其是在一個學術傳統與個人的社會行爲相分離的時代。』〔九〕

陳思和對于構建當今時代知識人新型人格的不倦探索，本身就構成了其富有魅力的人格世界的一部分。在他重新編輯完十二卷編年體文集後，追想二十年前世紀之交的種種情景，寫下了如下這首七律：

筆走龍蛇十二年，歲如幻象世如煙。
文章滿紙陳心迹，風雨依窗襲夢眠。
兩岸人前思食色，三生石上續世緣。

前行五載知天命，兩鬢斑斑血豔鮮。〔一〇〕

細心的讀者會注意到，陳思和以傳統農曆生肖動物命名的這套文集共十二册，他爲每一本都撰寫了一首七言律詩，它們涉及特有的時代氛圍、論述的主題、文壇的熱點與趨勢，以及諸多讓人難忘的體驗感受。這首詩和前文所引的那一首恰好處于頭尾。開篇那首將他青春的熱情與憧憬，以及孜孜以求的人格理想表露得淋漓盡致，尾章則更多羼雜進了人生的感喟。孔子曾云『五十而知天命』，它標志了一種清醒的自我意識，一種對個體生命有限性的體認，對冥冥難測的天命的敬畏與順從。但它并不意味着無所作爲；相反，正由于正視到生命本身的界線和局限，人們將更加珍惜有限的時光，更加在短暫的時間内實現自己追慕

守護的價值。不管是兩鬢斑白，還是滿頭飛雪，生命的熱忱依舊在燃燒，正如匈牙利思想家卡爾·波拉尼在其劃時代的巨著《巨變》一書的結局所言：『順從本是人類的力量和希望之泉。他接受死亡的事實，而在其上建立肉體生命的意義。他讓自己篤信在肉身的死亡之外還有更重要的靈魂將會失去，并在其上建立他的自由。現在，他順從于社會現實——它剥奪了他的自由。然而，人性又一次在極度順從中爆發。不加抱怨地接受社會現實，將賦予人類不屈不撓的勇氣與力量來除去所有可以除去的不義和束縛。』〔一二〕讀着他的這些詩篇，陳思和的人生軌迹和生命激情清晰無比地展現在眼前。我又聯想起了他鍾愛的詩人馮至《十四行詩·十九》中那幾行深情飽滿，又極富哲理的詩句：

一生裏有幾回春幾回冬，
我們只感受時序的輪替，
感受不到人間規定的年齡。〔一二〕

獨舞廣寒非止境，群山覽小仰崔嵬

時光荏苒，步入新世紀後，陳思和的個人生活也發生了諸多變化，擔任復旦中文系主任長達十一年半之久，無論是任職時間之長，還是建樹之衆，都創下了紀録；其間他還受邀于二〇〇三至二〇〇六年間擔任《上海文學》主編。其間，贊譽美言不絶于耳，蜚短流長也在所難免。二〇〇八年九月，因身體原因他決定放棄染髮，毫無畏怯地將一頭白髮

展露于世人面前，并吟成如下一首《白髮吟》：

從此青春長別去，敢聽白髮唱黄雞。
殘花已報秋風早，蟬樹何貪夏日西。
心事常牽詩與酒，頭顱且悔坐中旗。
曾經不識愁滋味，對鏡高聲誦岳詞。〔一三〕

從藝術風格上看，這首詩頗富他喜愛的蘇東坡的特點，格調豪健清雄，又夾雜着清曠簡遠的意境。首聯起筆頗爲雄奇，直接從蘇軾《浣溪沙》『誰道人生無再少？門前流水尚能西！休將白髮唱黄雞』中點化而出。我們在古人詩句中常讀到傷春悲秋之句，一派蕭索悲涼的氣象，作

者在此毫不忌諱青春的逝去，白髮蒼蒼仍可葆有生命的活力與激情。秋風瑟瑟，落花遍地，蟬鳴凄切，望之聞之確實會使人倍添傷感之意，詩酒做伴，往事勾起幾多惆悵。在做了種種鋪墊後，末尾筆勢陡轉，與首聯呼應，并將全詩推向高潮。他曾經也像辛棄疾那樣在不知愁滋味的時候爲了寫詩而强説愁，時至今日百感交集，但他并没有陷入『欲説還休』的迷惘，心頭回蕩的却還是岳飛當年領兵出征時寫下的『怒髮衝冠』的雄健之音：全詩至此作結，境界陡增上一個層次，一掃衰頹消沉之氣。

顯而易見，這一切絶不純是詩藝的問題。從『詩言志』的角度看，有什麽樣的内心情志，才會衍生出什麽樣的文字節奏。至此，陳思和已臻于一個嶄新的精神境界，有如杜甫詩中所言『會當凌絶頂，一覽衆山小。』正由于有前文詳盡闡發的人格力量作支撑，世間的種種擾攘、是非都顯得那麽微不足道，他攀爬到了精神世界的絶高處，儘管有時會感到清寒逼人，但吸引他的是『一覽衆山小』的宏闊眼界，以及向更高處進發的生命衝動。它既包藴了儒家建功立業的價值追求，又有個人瀟灑自在的享受陶醉，更有對現代知識人崗位的執着堅守。正因爲有着這厚實寬廣的精神底藴，他才會發出『老來不覺知天命，心底寬寬便是仙』（一四）的歌吟唱歎。

我自三十餘年前進入大學校園後，便幸得思和師指點提携。數十年來，我已成了他走過的生命之路的見證者之一。我想用馮至《十四行詩·二十一》中的詩句作結，這不僅是對思和師詩作的闡釋，也是對我們共同走過的道路的追懷：

暴雨把一切又淋入泥土，
只剩下這點微弱的燈紅
在證實我們生命的暫住。〔一五〕

二〇一三年二、三月

·注释·

〔一〕陳思和《魚焦了齋詩稿初編》平裝本，灕江出版社二〇一三年版，八三頁。

〔二〕有關這一問題，參看章培恒、駱玉明主編《中國文學史新著》（增訂本）第二版下卷，復旦大學出版社二〇一一年版，五二九—五三四頁。

〔三〕陳思和《編年體文集（一九八八—一九九九）新版後記》，《當代作家評論》二〇一〇年第四期，一三頁。

〔四〕陳思和《魚焦了齋詩稿初編》，五七頁。

〔五〕魯迅《怎麼寫——夜記之一》，《魯迅全集》第四卷，人民文學出版社二〇〇五年版，一八—一九頁。

〔六〕陳思和《「五四」與當代——對一種學術萎縮現象的斷想》，《脚步集》，復旦大學出版社二〇一〇年版，九八頁。

〔七〕陳思和《試論知識分子在現代社會轉型期的三種價值取向》，《脚步集》，一三三頁。

〔八〕同上，一三四頁。

〔九〕陳思和《我心中的賈植芳先生》，《脚步集》，三三五頁。

〔一〇〕陳思和《魚焦了齋詩稿初編》，六八頁。

〔一一〕卡爾·波拉尼《巨變——當代政治與經濟的起源》，黄樹民譯，社會科學文獻出版社二〇一三年版，四二六頁。

〔一二〕《馮至作品新編》，解志熙編，人民文學出版社二〇〇九年版，一二五頁。

〔一三〕陳思和《魚焦了齋詩稿初編》，七五頁。

〔一四〕同上，七三頁。

〔一五〕《馮至作品新編》，一二七頁。